KB110946

아으 동동다리

예술가 시선
27

아으 동동다리

이보경 시집

예술가

시인의 말

'내 속에서 솟아 나오려는 것,
바로 그것을 나는 살아보려고 했다.'

2021년 여름 헤세의 정원에서

이보경

목차

2부

3부

1부

고양이와 개와 사람들

고개 돌릴 때마다 유독 내 눈에 커다랗게 달려드는,
거리를 서성이는 개와 고양이들
온몸을 엄습해 오는 두려움의 대상들

저들에게 전생이 있었다면 순한 양이었을까

고양이들이 야옹거리거나 너풋거리지 않는다
개들이 킁킁거리거나 으르렁거리지 않는다
사람들 발걸음이 평온하고 차분하다

간이역 철길, 천등날리기 떠들썩한 소원 기도
상점들이 늘어선 좁은 골목길, 우육면 집 국수 먹는 사
람들 사이
고양이들이, 목줄 없는 개들이 어슬렁거리거나 앉아 있
거나 누워 있다

이미 익숙해져 별거 아니라는 듯, 오감에 빗장을 지른 듯
아이가 울어도 경적이 울려도 유유자적, 각을 세우지 않
는다
양의 그림자가 되어 인파 속을 얼씨구, 한데 어우러진다

나는 부네처럼 미소를 띠고 낯선 거리를 태연하게 둘러
본다
불쑥 튀어나올지 모를 비명의 순간을 간직한 채
난데없이 날카로운 송곳니를 드러내고 붉은 살점을 물
어뜯을
너와 나 본능의 숨은 칼날을 경계하면서

다롱디우셔 마득사리 아으 동동다리

아버지가 죽었을 때 너도 죽었다
다롱디우셔 마득사리 아으 동동다리

돌아서는 눈가에는 붉은 동백꽃
다롱디우셔 마득사리 아으 동동다리

꽃 주위를 맴돌다 지친 동박새,

겨울 속으로 날아갔다
다롱디우셔 마득사리 아으 동동다리

돌아섰지만 보내지 아니한, 하늘은 잿빛
꽃 진 자리 쓸며 내일 너를 잊는다
다롱디우셔 마득사리 아으 동동다리

데카르트와 칸트, 쇼펜하우어와 함께

나는 밤비행기를 탔어
노란, 붉고 푸른 불빛들이 별처럼 반짝였어
발아래 하늘이 있는 것처럼

하늘길을 가는데 밤바다 같아 말하자면 나는,
구름배를 타고 밤바다를 노 젓고 있는 거랄까
가다 보면 다시 육지가 나오고
육지 위에 다시 하늘이 펼쳐질 것만 같아
시루떡처럼, 한 켜 한 켜 바다와 하늘이 있을 것 같아 그
렇다면 너는,
몇 번째 하늘에 있는 걸까
나는 몇 번째 바다에 있는 걸까

너는 어느 하늘에 있는 거니

나는 아직 바다를 떠돌고 있어

고통과 쾌락이 섞인 풍랑을 나는 아직 견디고 있어

데카르트와 칸트, 쇼펜하우어가 무슨 소용이겠니?

그 모든 삶이 무슨 상관이겠니

무녀[*]

위안일까 공포일까
오방색 강렬한 옷을 입은 손이 발목을 잡는다

꽃이 피고 잎이 지는 걸 막을 수만 있다면 성심을 다해
의식을 갖춰 방울을 흔들었을 것이다 징과 꽹과리를 들
고 흰 버선발로 겅중겅중 허공을 날았을 것이다 쥘부채
를 활짝 펴고 주문을 외쳤을 것이다 떠들썩하게 침묵으
로 말하고 있다

이미 오래전에 운명이 정해진 한낱 필멸의 인간[**]

망각은 영원히 죽지 않을 것처럼 억척스레 오늘을 살고
내일은 오늘보다 나을 거라 바보스레 매일을 속는다

바람이 부는 날, 우중충한 얼굴들로 둘러싸인 미술관
오색영롱한 휘장 속에서 들려오는 경구
위안일까 공포일까

너털웃음처럼 극락조 한 송이 피어난다
죽어서야 웃는다는 돼지머리 위

* 박생광, 1981
** 호메로스, 『일리아스』 제16권

형상기억합금
—당정섬

메타세쿼이아, 풀밭 사이 뱀이 강으로 기어간다 길은 강
에 닿아 있다

유니온 타워에서 바라보는 강물은 한 마리 물고기다
누워 있는 커다란 물고기가 지느러미를 퍼덕이고 있다

강 비늘이 빛난다,
임마누엘 성전의 유리벽처럼

당정섬 사람들은 어디로 갔을까
골재가 된 모래처럼 어느 신도시의 뼈가 되고 살이 되었
을까
모래, 한 알 한 알 밀알이 되어 주춧돌이 되고 기둥이 되
고 지붕이 되었을까

강물 위에 몸을 얹고 놀던 모래섬

강물은 기억하고 있었을까—누가 섬을 통째로 떼어내도

—잊지 못하지, 너의 체온

지느러미 퍼덕이며, 모래를 밀어 올려 섬을 만들고 있다

데칼코마니
—아지트

먹이를 통째로 삼키는 보아뱀처럼
종로 거리를 삼키는 어둠을 바라보네

노을빛 벽등 아래 액자 속 코끼리가
창밖 플라타너스 나뭇잎 위를 걷네
아기코끼리가 따라나서네

육중한 몸으로 어둠에 나부끼는 나뭇잎을 밟고
곡예라도 펼치듯 우리를 들여다보네
詩 우리에 갇힌 우리는 말없이 커피잔을 감싸 쥐고 바라
보네

빛과 어둠을 우리는 앉아 있네
생성과 소멸을 몸부림치네

곡예는 필요 없네 우리는 어떻게 뼈와 살의 언어를 발라
문장을 만들고 한 편의 시를 지어야 하나 골똘히 생각
하네
어디서부터 메스를 대야 하는가 해부를 연구하고 있네

노을 진 에토샤 워터홀, 코를 길게 늘어뜨리고 물 마시
던 코끼리일까
소시지 나무 아래 귀를 펄럭이며 열을 식히던 세렝게티
코끼리일까
아무것도 궁금하지 않네

비트코인 고래

지하철을 기다린다 신호음이 울리고
잘 길들여진 고래가 해로를 따라 검푸른 물살을 헤치고
몸을 드러낸다

해역을 지날 때마다 잠시 멈추고 숨을 고르는 사이 크릴
새우처럼 사람들이 빨려 들고 뿜어진다
이어폰을 꽂고 휴대전화기를 들여다보는 사람들
지하철 유실물이 하루 평균 340건, 승객이 흘린 돈이 3
년간 14억 원에 이른다고 하니
뉴스에서 본 인도네시아 해안 죽은 고래가 떠오르고

속수무책 죽어가는 반구대 암각화 작살 꽂힌 고래
고래 심줄 같은 고집을 안고 살아간 아버지들 술고래
피 흘리는 새우 등에서 춤추고 노래하는 비트코인 고래
온갖 고래들이 몰려와 머릿속을 헤엄치는데

고래밥을 손에 쥔 아기 고래가 백합처럼 피어 있다
아기 고래를 노래하던 나는 헐레벌떡 뽐어지고,

해로를 따라 출렁이며 사라지는 고래 뒷모습을 바라
본다

W & M

W와 M은 한 몸이었을 거야 오른쪽으로 누워 있는 W
옆에 M이 누워 나비처럼,
M자 밑에 W가 앉아 반으로 갈라놓은 사과처럼, 웅크리
고 있는 여인의 다리와 엉덩이처럼, 당신 입술처럼

사람의 모습은 둥근 구형이었다지요 손이 네 개 발이 네
개, 원통형 목에 머리는 하나였지만, 두 개의 닮은 얼굴
이 정반대 방향을 바라보고 있었대요 여덟 개의 팔다리
로 神들을 공격하자 제우스가 둘로 쪼개 놓았다죠 ∴몸
이 양분된 반쪽이 잘려 나간 다른 반쪽을 그리워하게 되
었다네요

평화의 문이 내려다보이는 한정식집, 당신과 저녁을 먹고 금박으로 붙여진 W와 M 당신은 고비사막 쌍봉낙타 나는 카시오페이아 별자리, 거울을 보고 옷매무새를 다듬고

반쪽 옆에 또 반쪽, 까만 문에 서로의 부신처럼 붙어 있는 W와 M

주홍거미

고층 아파트 외벽, 검은 옷에 빨간 모자를 쓴 남자가 외
줄에 몸을 얹고
하얀 코킹제를 뽑아 창문 틈을 메우며 다듬고 있다
능숙한 팬터마임이 하늘을
즐기고 있다

남자가 움직일 적마다 줄은 이리저리 출렁이며
아파트를 기어오르고

거울나라의 앨리스처럼 유리 속으로 들어간 남자는
어느새 까까머리 소년이 된다

하교 길목 남자아이들, 낡은 밧줄처럼 던져 놓은 죽은 유혈목이가
왁자하게 입술꽃 피우며 따라오던 여자아이들 눈앞에서 보란 듯이 꿈틀거리는 형상으로 비춰질 때
화들짝 놀라 사방으로 줄달음치면, 손뼉치고 배를 잡던 그때 그 시절

소년들은 안개 속에서 점점 길어지고, 뿔뿔이 흩어지고

남자는 알지 못했다 밧줄이 이렇게 밥줄이 될 줄을

잠자리

잠자리 날개옷을 입고 잠자리에 들면 잠자리가 될까?

너는 하늘을 날고 싶니?

하늘색 하늘을 윙 윙 윙 윙 날다가 몸을 만들며 공중 섹
스하는 잠자리
가슴을 쑤욱 내밀고 꼬리를 추켜세우고 죽음에 이르는
어질머리,
동그란 눈알을 감추고 네 날개를 혼미에 빠뜨리고 '하늘
이 처음 열리고' 꼬리를 물속에 박고 알을 까는

너는 어둠을 잘라먹는 잠자리, 비행기가 되고 싶니?

잠자리가 바뀌면 왜 잠이 안 와……?

푸시킨을 만나다

삶이 그대를 속이는가 그대가 삶을 속이는가, 현재는 늘
어려운 것

밭을 가는 소와 농부가 그려진 그림이었다. 푸시킨의 詩
가 들어 있는 액자였다
아버지는 지그시 눈을 감고 '인생'과 마주하고 있었다
아저씨는 가죽띠에 면도칼을 문질러 아버지 관자놀이
아래 하얀 구름거품을 잘라 내고 있었다
푸르게 번쩍이는 칼날이 무서워 못 본 척 어항 속 금붕
어나 세고 또 세고 있었다
들창에서 종달새 소리 날아오는 찬란한 봄날이었다

아지랑이 넘실대는 봄날, 을지로 지나다가 걸음이 멈추네
펜과 노트를 들고 푸시킨이 '인생'을 낭독하고 서 있네
강을 거슬러 오르는 물고기처럼 헤아릴 수 없는 순간들
이 거슬러 오네
금붕어를 세던 이발소가 만개하네
거기, 아버지가 앉아 계시네
삶이 그대를 속이는가, 그대가 삶을 속이는가?

목안木雁

*

하객을 향한 신랑 신부처럼 한 방향을 바라보는 기러기
한 쌍

어머니가 비단 보자기에 싸인 목기러기를 주셨다 화장
대 위에 청홍 날개가 접혀 있다
깊이 바라볼 겨를 없이 습관처럼 먼지를 떨다가 문득 떠
오른 손길, 돌아보니

어머니가 보이지 않았다
아버지가 보이지 않았다

*

기러기 두 마리 비단 보자기 곱게 덮어 새아기에게 주어
야지
그러면 그 애는 화장대 위에 올려놓고
어느 날은 한 방향으로 같은 곳을 바라보게 하고
어느 날은 꼬리를 맞대 서로 다른 방향으로 돌려놓고
어느 날은 부리를 맞대 마주 보게 하면서,

훗날 내 나이쯤 거울을 보다가 문득,
떠오를 일이다

어머니는 어디로 갔을까? 아버지는 어디로 갔을까?

어머니가 그랬을, 내가 그랬던 것처럼

플루토

에드거 앨런 포, '붉은 죽음의 가면'을 읽다가

인간보다 애완동물을 더 사랑하게 된 남자를,
사랑을 이유로 고양이를 학대하게 된 남자의 심경을, 헤
아리다가
책을 얼굴에 덮고 나비를 안고 잠이 들었다

남자는 검은 고양이 한쪽 눈을 칼로 도려내고 목에 밧줄
을 걸어 나뭇가지에 매달았다
나는 검은 고양이, 내 이름은 플루토

하얀 반점이 있는 검은 고양이가 애꾸눈 고양이가 집요
하게 남자를 따라왔다
남자는 죽은 고양이가 생각나고 하얀 반점이 교수대처
럼 보인다고 트집을 잡았다

발에 걸려 넘어질 뻔했다고 광기의 불길은 결국 손도끼
를 들었고 격노는 말리는 여자 정수리에 번졌다 죽은 여
자를 벽 속에 은폐시켰다 벽에 숨어든 고양이의 비명으
로 남자는 교수형을 받았다

나는 검은 고양이, 내 이름은 플루토; 죽은 자들의 지배자
나는 함무라비법전을 펼친다 '눈에는 눈 이에는 이'
나는 남자의 목덜미를 움켜쥐고 주머니에서 칼을 꺼낸다

야옹, 붉은 죽음의 가면이 화들짝, 꿈이 달아나고
숫잠 깬 페르시안 친칠라가 저만큼 나를 주시한다

나의 보헤미안

랭보를 만나고
잠이 오지 않는 밤, 눈은 창 너머 밤길을 걸었지, 달빛을
등진 해바라기
비행접시를 상상하네

외계인을 상상하네
씨앗처럼 중심을 잡고 꽃잎 문을 닫고
비행을 시작하네

생텍쥐페리를 만나야지
어린 왕자에게, 길들인 인연은 인내와 책임이 필요하
다고 얘기하는 여우도 만나겠지
나는 여우처럼, 네가 나를 길들인다면 나는 너에게 하나
밖에 없는,
소중하고 특별한 존재가 되는 것이라고 얘기해야지 ∴
어린 왕자는 장미꽃을 떠올리고 서둘러 B-612로 돌아

가겠지

케이를 사랑하게 되었다고 테오에게 편지를 쓴
고흐도 만나야지

'아를의 별이 빛나는 밤' 큰곰자리는 우주정거장
카페에서 에밀 졸라가 기다릴 거야
압생트를 나눠 마시고,
나는 비틀거리며 '파이프를 물고 귀에 붕대를 한 고흐'
를 찾아야지
어쩌면 난 구토를 할지도 몰라

존재의 방 꽃병엔 해바라기, 나는 '리라 타듯 내 터진 구
두의 끈을 잡아'당기고
다시 떠나야지

환영의 그림자들 속 당신을 찾아

나의 뮤즈여

To Live Without Your Love[*]

숲속의 공주처럼

당신 서재에서 잠자는, 내 이름은 『롤리타』

'내 삶의 빛, 내 몸의 불이여. 나의 죄, 나의 영혼이여.

롤—리—타. 혀끝이 입천장을 따라 세 걸음 걷다가 세

걸음 째에 앞니를 가볍게 건드린다. 롤. 리. 타.'

연방 입안을 굴리며 감탄 속에 되뇌며 밤낮없이 품에 안

고 어쩔 줄 몰라 하더니

귀퉁이에 처박아 놓았네 먼지 이불 덮였네 마법에 빠진

듯 잠이 들었네

깨우지 않는 당신 나는,

꿈을 꾸네

다시 한번 나를 열고 들어와 언어의 속살 꼼꼼히 어루만져 줄

그날

* Monika Martin의 노래

40

엔젤트럼펫 풍風으로

심비디움 〔우아한 여인이여〕

트리토마 〔당신을 사랑하는 마음으로 가득합니다〕

리시안서스 〔변치 않는 사랑〕

냉이 〔당신께 나의 모든 것을 드립니다〕

제라늄 〔그대가 있기에 행복이 있습니다〕

캘리포니아포피 〔나의 희망을 받아 주세요〕

죽단화 〔기다리겠습니다〕

콜리우스 〔절망적인 사랑〕

알리움 〔멀어지는 마음, 무한한 슬픔〕

델피니움 〔왜 당신은 나를 싫어합니까〕

캄파눌라 〔따뜻한 사랑은 변하지 않습니다〕

스위트피 〔나를 기억해 주세요〕

물망초 〔나를 잊지 마세요〕

속절없는 사랑아 〔아네모네〕

당신의 마음은 진실로 아름다웠습니다 〔클레마티스〕

첫사랑, 젊은 날의 추억이여 〔라일락〕

꽃향기에 묶여 천형을 사네

전등사 대웅전 처마 밑 웅크린 나부상처럼

철학자[*]

델로스에서 배가 돌아왔다. 기원전 399년 5월 7일 그리
스 아테네 사형선고를 받고 30일간 옥중에서 지낸 남자
묶였던 사슬이 풀렸다

독배를 건넨 간수는 눈물을 흘리며 돌아섰다 날아가는
태양은 아직 날갯죽지가 산마루에 걸렸고 백조의 노랫
소리 즐겁고 기쁘게 들려왔다. 소크라테스는 태연하고
유쾌하게 독배를 마셨다

하반신이 차가워지기 시작했을 때 소크라테스는 불현듯
얼굴을 덮었던 천을 들치고 말했다. "크리톤 나는 아스
클레피오스에게 닭 한 마리를 빚졌네. 기억해 두었다가
빚을 갚아 주겠나?" "꼭 갚아 주겠네. 더 할 말이 없나?"
라는 물음엔 대답이 없었다. 소크라테스의 마지막 말,
빚을 갚아 달라는 것이었다

수 세기가 지나 21세기로 접어들었어도 아스클레피오
스에게 닭 한 마리를 갚았는지 아는 사람은 아무도 없
었다

* 이문재, 「예술가」 오마주

2부

2015, 59페이지

너는 ―한가하게 돌아다니다가도 위험하다 싶으면 잽싸게
눈을 감추고 숨어버린다는― 게가 부릅뜬 까만 눈을 복배
지모腹背之毛라 여기고 허겁지겁 등껍질에 밥을 비벼 먹
었다
자해紫蟹*가 너의 창자에서 꾸르륵거리며 핏대를 올리다
가 막장에 이르러 배 째라고 덤비던 밤, 사이렌이 울리
고 속수무책 아랫배는 기꺼이 메스를 불렀다

복강腹腔에는 썩은 고등어 내장이 흐르고, 복수腹水는 움
파리에 고인 흙물을 떠올렸다

검은 피 한 사발이 빠져나가고 탱자나무 한 그루가 심어
졌다
바람이 불 때마다 가지가 흔들려 옆구리를 쿡쿡 찔러 댔
고 그럴 때마다 신음을 높이 뽑았다

항생제로 지탱되는 너는 큰대자로 누워 백기를 들고 말
았다

펄스옥시미터 알람이 울렸고 사람들은 삼삼오오 포인세
티아 입술에 하얀 생크림을 발랐다

크리스마스트리 꼬마전구들이 병원 현관을 밝힐 때
나는 어둠 속 붉은 고깃덩어리, 거대한 뿌리에 매달려 오
직 너를 읽어 내야 했다

* 『동국여지승람』에서는 참게를 해蟹라 하고, 대게를 자해紫蟹라
하였다

가을부채

그때 바로 택시를 잡아타고 갔어야 했다 은행 일을 다음
에 봤어야 했고 나를 찾는 간호사의 목소리가 다급했어
야 했다

은행 창구 숫자판은 106번에 머물러 있고 나는 108번
이다
어항 속 금붕어가 입을 벌린다 문이 닫히고 바람이 인다
풍경 소리 아련하다
창구 앞을 서성이며 순서를 기다린다
입원실 담당 간호사가 보호자가 빨리 왔으면 좋겠다고 전
화를 한다 나는 택시를 탄다
붉은 신호등 앞에서 여자아이가 울고 있다

병원 7층으로 올라가는 엘리베이터, 어디쯤이냐 묻는
목소리가 다급하다 불길하다 사천왕 튀어나올 듯 부릅
뜬 눈이 내려다본다
입원실은 비어 있고 간병인은 보이지 않는다

처치실에 어머니가 누워 있다 의사와 간호사가 호위병
처럼 서 있다 붉은 신호등 앞에 사람들이 모여든다 나는
어머니 얼굴을 보지 못했다

붉은 신호등

진통제로 잠든 밤 입원실 복도는 고요해요

당신 어딜 가시나요
검지를 세워 입술에 대고 좌우를 두리번거리고 몸을 굽혀 사뿐 고양이처럼 발을 옮기며

세븐시스터즈 야청빛 밤바다, 하얀 치맛자락 펄럭이며 춤추는데
당신은 겁에 질려 있어요, 당신이 멈춘 곳은 낭떠러지?
절벽 아래, 집어삼킬 듯 검은 아가리를 벌리고 달려드는 성난 파도
당신을 향해, 머리를 풀어 헤치고 발톱을 감춘 사자
아! 안돼요, 나의 비명에 깜짝 놀라 눈을 뜨니

침상에 누워 있는 당신, 흠뻑 식은땀에 젖고 부르르 온
몸을 떨고
나는 다급히 간호사를 부르고

붉은 태양이 신호등처럼 병실 유리창에 걸리고
아! 당신, 눈을 떴나요
신호등 앞에 우리는 서 있나요 아직 붉은 신호등

장미

낮은 구름이 허공을 걷고 있다 예약시간이 병원을 향한
다 병원 울타리, 뽐내기라도 하듯 목젖이 보이도록 웃고
있는 장미 빠알간 꽃향기가 깊은숨을 들이마시게 한다
자꾸 돌아보게 한다

채혈을 하고 처방전을 받아 들고 회전문을 나온다 젖은
길 위 피멍울처럼 흩어진 선홍빛 꽃잎들 바람이 어루만
져도 자꾸 눕는다 발자국에 짓이겨지는 꽃의 살점들

마취가 풀린 병상에서, 메스 길 따라 지네 발처럼 박
힌 스테이플러에 손을 얹고 아파할 때였다 초록 원피스
에 가시 장식을 하고 겹겹의 입술 달싹이며 우쭐거리던
네게 말해주고 싶었다 Carpe diem, Seize the day,
Enjoy today

비 지나간 거리에 바람이 분다 들숨이 날숨이 되는 순간
존재하는 것들은 가고 또 온다 들고 나는 회전문처럼 흡
기 호기 깊게 깊게 안과 밖을 돌고 도는

어디에나 있고 어디에나 없는 하느님

나는 지금,
조금씩 지워지고 있습니다

나는 오늘 그들에게 잊혀졌습니다
해가 저물도록 휴대전화 한 통 문자메시지 하나 없습니다
아무도 날 기억해 주지 않는 시간 온몸으로 통증이 밀려
옵니다
시간 맞춰 알약을 삼켜야 하는데, 더듬어도 물은 손에
잡히지 않고 벨은 울리지 않습니다

지금 나를 기억하는 것은 내가 누운 바닥뿐입니다
바닥은 나를 끌어당기고, 고요하고 적막한 기운이 온 방
을 기어 다닙니다

나는 조금씩 가라앉고 있습니다

이곳은 깊은 물속입니까

심해에 사는 물고기처럼 시력도 청력도 조금씩 퇴화해
갑니다

누가 나에게 파장을 보내준다면, 내게 부레가 생기겠습
니까

물 위를 떠오른다면 그들은 날 기억해내겠습니까

나는 오늘 사람들의 기억에서 지워졌습니다

나는 오늘 당신을 부릅니다 오! 나의 하느님

아비뇽 다리 위에서 춤을 추네[*]
—안느·조르주의 멜로디

꽃들이 만발한 다리 위에서 춤을 추네 너의 손을 잡고
춤을 추네
춤추며 노래하네, 내 어릴 적 여름 캠프
가기 싫다는 내게 엽서를 주며 엄마가 말했지
힘들면 별을 그려 보내라고

호수로 수영하러 갔네 눈 덮인 산에서 내려오는 물이 차
가웠네 둘씩 짝을 지어 뛰어들었네 난 운동엔 젬병이었지

별이 그려진 엽서를 보고 엄마가 달려왔네
오베르뉴 숲속 어디였던 것 같아 아니, 잘 모르겠어

너의 입술에서 별이 솟네 별은 내 가슴에 총총히 박히네
피아노 치는 손을 바라보던 이 손으로, 이 손의 고약함으로
고통의 숨길을 막네 너의 노랫소리가 버둥거리다 멈추네

광장 시계탑 시곗바늘이 어느 순간 갑자기 멈추듯

하나의 가벼움으로 나는 침대에 눕네 아득히 여행이 시
작되네
코트를 입고 신발을 신고 너와 함께 가네
빨강 노랑 하양 꽃 속에서 손잡고 노래하네, 마저 부르
지 못한 노래
아비뇽 다리 위에서 우리는 춤을 추네

* 「아무르」에 부쳐

붉은 나뭇잎

때론 이름 모를 벌레에게 살점을 뜯기기도 하고 뇌성벽
력에 소스라치기도 하면서 햇빛과 달빛을 끌어다 꽃을
피우고 열매를 길러낸 손

지금 불꽃놀이 중 생애 단 한 번만이라도 꽃이 되고 싶
어 온몸의 핏줄 당겨 스스로 목숨을 태우는

한 세상 나무에 매달려 살아온 생 적멸을 위하여 사력을
다한 순간들 한바탕 꿈같은

가을 벤치

검단산 오르는 길 중턱 벤치,
아람 벌은 밤송이 하나

쭉정이 밤 한 톨,
쪽방을 지키고 있습니다

알밤들 빠져나간 쪽방촌 노파,
벤치에 앉아 봄노래를 부릅니다.

하양국화

하양으로 태어나 영정 사진 에워싸고,
제단에 놓여 당신을 위로합니다

기마전 출전하는 백군 준비 자세로 서서,
만장 리본 머리핀 꽂고 당신을 맞이합니다

석상 위에 앉아 하염없이 당신을 바라보다가
묘지기 별자리 잔별이 됩니다

죽은 혼을 기린다는 의미와 '고결'인 꽃말을 간직했기에
슬픔 달래야 하는 꽃의 운명; 하양국화

때로는 화려한 족속으로 피어나고 싶어라
이름 없는 시인의 책상 한 귀퉁이라도 좋으리
백석 품에 안고 「마리 A.에 관한 기억」 떠올라 검은 토
요일에 부르는 노래* 부를 때
눈길 마주치면 함께 웃고 함께 노래 부르고 싶어라

당신, 모르시나요

* 베르톨트 브레히트, 『검은 토요일에 부르는 노래』

혼란

SUV 속 흉기 수면유도제 소주병이 적막하다
유일하게 남아 있는 젖소 한 마리를 끌고 장으로 갔다
노인에게 소를 주고 완두콩을 받아 왔다

음력 정월이었다
어머니는 콩을 창문 밖으로 던져 버렸다
거제의 한적한 고갯길에 죽음이 살아 있었다

완두콩은 콩나무 넝쿨이 되어 하늘까지 뻗어 있었다
흩어진 가족들이 한곳으로 모이는 초하루 아침이었다
하늘길을 따라 걸어갔다 거인의 성이었다 황금자루가
있었다
한 줄기 빛을 따라 올랐지만 허공이었다 발 디딜 틈이
없었다 나락으로 떨어졌다

거인이 잠든 사이 황금자루와 황금알을 낳는 암탉을 가
져왔다
어떤 보이지 않는 손이 벼랑 아래 허공으로 내몰았을까
황금하프를 가지고 내려올 때 거인이 뒤쫓았다 어머니
가 던져준 도끼로 콩나무를 내려쳤다 거인은 떨어져 죽
었고……
부검을 했다 부채의 흔적이 있을 뿐, 사인은 뚜렷하지
않다고 앵커가 말했다

책을 덮는다 티브이를 끈다 소주 두 잔을 마신다

거품꽃 풍風으로

라디오를 틀어 놓고, 세제 묻힌 수세미로 화장실 타일을
문지르고 물을 뿌린다
정점을 향해 피어나는 단 한 번의 도약, 죽음의 도약으
로 끝을 내려는* 크고 작은 꽃잎들이 부글부글 반짝이는
방울들이 제 길인 양 하수도로 흘러든다

그녀를 바닥으로 끌어 내린 건 거품이었다 입에서 흘러
나온 거품이 그녀를 쓰러뜨렸다 멀쩡히 걸어가다가도
거품은 저 혼자 부글부글 꽃을 피우고 한순간에 져 버
렸다

져 버린 꽃은 오래 기억되지 않는다

아라베스크 문양을 따라 커피를 마신다 '여성시대'에서
귀에 익은 노래가 피어난다
여름날의 호숫가 가을의 공원 그 벤치 위에 나뭇잎은 떨
어지고 나뭇잎은 흙이 되고 나뭇잎에 덮여서 우리들 사
랑이 사라진다……

* 『차라투스트라는 이렇게 말했다』

마리오네트

마디마디 실로 묶여 조종당하는 마리오네트처럼
우리는 神의 손끝에서 놀아나는 무대 위 인형들

비극의 주인공들, 울면서 무대에 올려졌다
결말은 빗나가지 않는다 언제나 비극이다

너의 공연은 먼저 막을 내리고, 비가 내렸다

무대 위에 너는 없고
향 내음 속에서 붉은 입술들이 향기 없는 꽃을 피운다
꽃들은 비눗방울 놀이 무지갯빛으로 떠돌다 흩어져 사
라진다

허무의 무대에서 헛웃음 헛몸짓이 허공을 허우적거린다

공기 속을 부유하는 유령 캐릭터처럼
곳곳에 어리는 그림자

아무도 너의 부재에 불을 붙이지 않았다
심지 타올라 핏물이라도 흐를까

나비의 회귀

여기는 어디인가요 이곳엔 문이 하나 있어요
문을 나설 때, 그 무엇도 두렵지 않았어요
무지갯빛 따라 훨훨 날았지요

장미꽃 향기에 취한 더듬이가 감각을 잃고
가시에 찔려 찢어진 날개가 비에 젖은 날 나는,
꿈결인 듯, 훨훨 날았어요 그리고 나를 보았어요
스트레쳐카에 실려 어디론가 분주히 달렸고
수술 가운을 입은 의사와 간호사들이 찢어진 날개를 고
이 접었어요
낯익은 얼굴들이 하얀 꽃잎 위에 뚝뚝 눈물을 흘렸어요
여기는 어디인가요 이곳엔 문이 하나 있어요
다음 생에도 장미꽃 향기는 여전하겠지요

〈결〉에 관한 단상

파트리크 쥐스킨트 마음결이 쏟아 놓은 "그러니 나를 좀 제발 그냥 놔두시오!"가 내 마음결에 비구름으로 떠돌아도 결 삭이며 좀머 씨 호두나무 지팡이에나 스며들게 그냥 모른 체해 볼까요
젖먹이 아기의 온화하고 순결한 눈결 속에 그냥 안겨 볼까요

꿈결인 듯 리듬에 맞춰 살결에 로션을 바르고, 불빛 숨결 흐르는 마음결에 닿아 볼까요

바람결에 머릿결 날리며 비단결을 꿈꾸어 볼까요

허공의 결 따라 나비가 날고 새가 날고 구름이 흘러갑니다
지상의 결은 길이 되고 꽃을 피우고 발자국을 남깁니다

물결에 스며있는 바람의 그림자

맘결에 스며있는 당신의 그림자

한결 부풀어 시를 쓰다가 종이결 따라 찢어 버리고

잠결인 듯 꿈결인 듯 나는 생각해 봅니다
죽음과 삶에도 결이 있어 결 따라 흘러가고 흘러오는가

바람결에 노란 은행잎 둘인 듯, 한 몸으로 뒹구는
밤, 별이 보이지 않습니다 당신의 안부가 궁금합니다

'별것 아닌 것 같지만, 도움이 되는'

그녀는 레이먼드 카버, 『대성당』을 읽고 있다 종종 행간
에 밑줄을 그으며

생일을 맞은 여덟 살 스코티는 등굣길, 오후에 있을 파
티에서 친구가 무슨 선물을 줄까 생각하다 발을 헛디뎠
다 뇌진탕과 쇼크 상태라며 닥터 프랜시스는 위험한 고
비는 넘겼다고 했다 깨어나기만 하면 모든 고비를 넘긴
거라 했다

일각이 여삼추 고비는 피가 마르게 게으르다
도무지 눈뜨지 않는 고비 ─고도를 기다리듯─ 기다리
고 기다려야 하는 걸까
깨어나는 듯 잠시 열렸던 눈동자, 깊게 닫힌 어둠 하나
가 그녀에게 달겨든다
고비를 넘기지 못한 고비

Gobi에는 고비가 있을까요? Gobi가 고향인 쌍봉낙타
어미에게 버려진 새끼 낙타처럼, 노랑 리본처럼, 시골집
문간 고비에 꽂혔던 [죽음을 알리는] 누런 봉투처럼
고비를 넘기지 못한 고비

무슨 수를 써도 두 번은 볼 수 없는, 별이 되는 이별
앞에 당신이 건네는 커피 한 잔, 따뜻한 목소리
마두금 연주에 눈물 흘리는, 새끼에게 젖을 물리는 낙타
처럼
한고비 넘길 수 있다면

카라차크라

찰방거리는 어린아이들의 발
조그맣고 하얀 발들 어디로 갔을까

낮잠 자고 일어나 아침인 줄 알고 허둥지둥 가방 챙길
때, 학교 늦겠다고 맞장구치던 어른들은 어디로 갔을까
어린 시절 생각나는 소나기 그친 오후, 빗물은 어디로
갔을까

솔밭 사이 도랑 따라 흐르겠지 흐르다가 흐르다가 송사
리 버들치 피라미도 키우겠지 심심풀이 화풀이 물수제
비에 놀라기도 하다가 호수가 되고 강이 되고 어느새 바
다에 이르겠지
바다는 물의 공동묘지
티베트 독수리처럼 갈매기들 붉은 물살을 쪼고
피투성이 태양이 수평선에 묻히는,

바다는 구름을 키우고 구름은 비를 내리고

어디선가 하얀 발들은 자라나고, 무럭무럭 무성한 꿈 꽃
을 피우고
꽃들은 어디론가 빗물처럼 흘러가고

3부

매너리즘, 그 익숙함 속에서

너를 분재라는 명목으로 팔목과 발목을 붙들어 묶고 잘라
내고, 영역 너머론 한 치의 곁눈질마저 허용하지 않는데

하늘을 뚫고 날아가는 새 한 마리
너는 그처럼 욕망의 눈을 번뜩이고
그럴 때마다 뭉텅뭉텅 잘려 나가는 네 사지의 살찐 잎들
피 흘리는 아픔, 단말마의 비명을 삼키는데 그래도 너는
틀을 뛰어넘는 시퍼런 일탈을 시도하는데

나는 메데이아처럼 '타락의 심연까지 가 보고픈 욕망'이
여름날 광장의 분수처럼 솟구치는데
타성의 틀 벗어나지 못하고 하릴없이 마음을 단속한다
참아라, 마음이여! 참아라, 마음이여!*

* 호메로스, 『오디세이아』 제20권

꽃잎을 바르다

*

몬드리안의 구성이 떠오르는 아자창亞字窓

바람이 초목의 잔뼈를 헤집을 때, 낙엽처럼 누렇게 바랜
창살 옷

어머니는 사정없이 벗겨 내고, 뽀얗게 새 옷을 갈아입히고

문고리 쪽에 꽃잎을 발랐다 국화 백일홍 코스모스 달리아,

꽃잎 위에 풀칠한 창호지 한 장 더 올려놓고 가만히 누
른 다음

입 안 가득 담았던 물을 소나기처럼 뿜어냈다

앉은키만큼 높이에 구멍을 내고, 성냥갑만 하게 유리를
잘라 붙였다

이제 남은 일은, 유리 속에서 안과 밖의 경계를 살피는 일

재미있게 세상 동정을 살피는 일이었다

*

나는 창호 문 한 짝, 눌린 꽃 몇 송이를 사다가
어머니의 손길을 더듬는다, 딸과 함께
그리움을 바른다, 매발톱꽃 돌양지꽃 앵초 패랭이
아파트 베란다에 들꽃 피었다 다듬잇돌 위에 사형제 다
육이가 벙긋거린다
나비 핀을 머리에 꽂은 손녀가 꽃을 향해 까치발로 날아
든다

길, 혹은 두 줄 무늬

별안간 눈이 쏟아진 도로 위,
8t 트럭 바퀴 凹凸무늬가 판화처럼 찍힌다
잠자던 문양들이 왈칵 깨어난다

어머니—엄마는 작아진 털옷을 풀어 스웨터를 짜고 있
었다
내 앞가슴에 올록볼록 줄무늬를 새기고 있었다
가끔 낡은 시간이 툭 툭 끊겨 나갔지만, 다시 붙들어 투
호살 같은 대바늘로
촘촘히 따뜻한 집을 지어 갔다

그 겨울, 포근하게 재생된 스웨터
추운 바람 속을 자랑스럽게 입고 다녔다

한 올 한 올

정신을 놓치지 않고 따라간 길이 거기 있었다

결코 서두르지 않고 섬세한 문장처럼 엮어 가던

어머니—엄마의 손끝이 마침내 다다랐던 그 길,

늘 내가 가고 싶어 하는 추억의 그곳으로

8t 트럭 바퀴 두 줄무늬가 지금! 환한 속도로 달려가고

있다

문의마을

꿈속에서 꿈을 꾸었다

언덕에 앉아 추수가 한창인 마을 들판을 내려다보았다
[부서지는 햇살 속에 너와 내가 있어 가슴 시리도록 행
복한 꿈을 꾸었지]

꽃이 피었다 지기를 몇 번이나 했을까

꿈속에서 쳐다보는 지난날의 너와 나

도라지꽃은 피고 모두가 떠난 마을은 푸른 물이 가득했다

바람에 날려 꽃이 지는 계절엔 아직도 너의 손을 잡은
듯 그런 듯해

그때는 아직 네가 아름다운 걸 지금처럼 사무치게 알지
못했어

그날의 노래가 바람에 실려 오네 우~ 영원할 줄 알았던
지난날의 너와 나

우연히 스친 '자우림'의 노래가 대청호에 잠든 문의마을
에 닿은 날이었다

꽃과 고등어

암청색 물결무늬옷을 입은 고등어가 꽃쟁반에 누워 있
어요
마치 한 폭의 정물화처럼

쟁반은 수세미로 닦여지고 꽃잎은 뚝뚝 목을 떨구겠지요
꽃잎 위 고등어 한 마리,
대가리와 꼬리가 잘려 나가고 몸통은 토막토막 양념이
덮여 찜이 될지 배가 쩌억 갈려 소금구이가 될지 한 치
앞을 모르죠
하지만 지금 잘 어울리네요
마치 서로에게 오래 길들여진 연인처럼

첫 만남은 낯설고 어색하겠지요 관계가 익어 가면 이별
을 잊은 채
밑그림을 그리고 색을 입혀 가는 거겠지요
마치 한 폭의 협동화를 그리듯

그런 상념에 젖었는데요
꽃 쟁반에 올려진 고등어구이 한 접시, 식탁에 내려놓
는 커다란 손

마주 앉은 우리는 神의 이젤 위에 어떻게 그려질까요?

'우리들은 모두 무엇이 되고 싶다'

—문정희 「공중전화」, 오마주

길모퉁이 빨간 옷을 입고 오도카니 서 있는 우체통을 보
거나
대문 앞 목을 길게 빼고 서 있는 박공지붕 우편함을 보면

나는
편지를 쓰고 싶어져요
이메일에다 문자메시지가 판치는 세상에서
심장을 싸고도는 핏줄 같은 내 온 맘
육필로 뽑아, 곱게 봉인해서
푸른빛이 선명한 압인 같은 문신을
그대 영혼에 새겨 놓고 싶어져요

사람들은 이메일을 클릭하고, 문자 메시지를 훑어보고
한 통의 전화를 기다리는 동안

나는
내 조그마한 우편함 속에
수북이 뒤엉켜진 정기간행물이나 홍보우편물 속에서
묵직하고 두툼한 당신을 찾고 싶어져요

나직이 그대 이름을 불러,
'잊혀지지 않는 하나의 의미가 되고' 싶어져요

노라를 꿈꾸다

귀여리 여우고개를 지난다
왼쪽 약손가락, 반지같이 동그란 흉터를 들여다본다

삼십여 년 전 南終면사무소에 근무할 때다
귀여리 출장 나가는 직원 오토바이 꽁무니에 매달려 여
우고개를 오를 때였다
그릉그릉 앓는 소리를 내며 뒤뚱거리던 오토바이가 저
만큼 나가떨어져 헛바퀴를 굴렀다
그의 얼굴과 내 손가락에서 피가 흘렀다 꽤 여러 날 치
료를 받았다

'세상에서 가장 작은 수갑'이 채워졌고 삼십여 년째 수
감 중이다

장미성운

너의 말에는 가시가 돋쳤다고 말하는 너는
자신을 경각하면서 돛을 올리고

검은 눈에 눈동자 없는 여인, 모딜리아니의 알메이사는
소파에 몸을 기대고 무표정한 얼굴로 커튼 사이 출렁이
는 바다를 바라본다

만개한 장미꽃 파노라마 포인트 벽지
모딜리아니가 장미꽃을 그렸다면 장미 가시를 그렸을까
가시는 이제 잊기로 하자 잊어버리자
영혼 따위가 무슨 상관이란 말인가

마른 덤불 속,

[4,600광년 외뿔소자리] 장미 한 송이 붉게 피어나고

우리들 가슴에 화인처럼 새겨지고

닻을 내린 너는

아직 나의 영혼을 모르고

돌탑

와우정사
종무소 앞 세 마리
원숭이처럼,
눈 막고 입 막고 귀 막고
서원 수행 중인 돌들이,
세모 네모 동그라미 돌들이
염원의 손에 이끌려
무릎 꿇고, 절 올리니 입체 조형이 되었습니다

믿음과 의지로 손잡고 강풍과 폭우를 견디는
돌, 집輯이 되었습니다

보아도 못 본 척 눈 감고,
들어도 못 들은 척 귀 닫고,
말하고 싶어도 말하지 않으니,

마음과 마음을 얹어 탑을 이루는
간절한 기도가 되고 이정표가 되었습니다

겨울하루살이

지상을 향해 하얗게 춤을 추어요
까만 구름 속에서 날개가 돋은 겨울하루살이들, 황홀
한 유희를 즐겨요
불빛을 좋아하는 놈들은 자동차 헤드라이트 유혹에 못
이겨 덤벼들어요
순간, 유리창에 온몸이 갈기갈기 찢겨 흩어져 나가요
바퀴에 뭉개지고 짓이겨져요
도로엔 검은 핏물이 흥건해요

골목 안 가로등, 둥근 불빛에서 윤무를 펼쳐요
지친 날개들이 하나씩 떨어져 나가요
수명을 다한 하루살이들이 수북이 쌓여요
가로등 아래 아이들이 발자국으로 꽃을 만들어요
지상에 꽃을 피워도 날 수 없어요 날개가 부러진 하루살
이들
죽어 가면서 하늘을 나는 꿈을 꾸고 있어요

부활

마르고 조그마한 키에 까무잡잡한 얼굴이었네
청색 와이셔츠에 노랑 넥타이
혹은,
초록 와이셔츠에 빨강 넥타이
그 누구도 어울리지 않을 것 같은 색의 코디와 천연 곱
슬 머리가 마음에 그려지던 그때,
내 나이 열일곱이었네

매화가 피고 매미가 울어도 국어 시간엔 눈이 내렸네
온통 하얗게 눈보라 치는 시베리아 벌판, 홀로 걷는 여
인을 상상하라며, 옷깃을 세우고 온몸으로 카추샤를 흉
내 냈네
선생님을 보면서 아이들은 발을 동동 구르며, 교실이 굴
러가는
웃음을 날려 보내곤 했네

선생님은 전근 가셨고, 다시 만나지 못했지만

난 늘 가슴에 화폭 한 장 품고 사네

양심이 흔들릴 때

영혼이 괴로울 때

그림 속을 거닐며 당신의 힘찬 부활復活의 말씀을 듣네

비둘기

실외기 놓인 아파트 난간,
무단 침입자

마당 한 귀퉁이 음식물쓰레기통 주변
흩어진 찌꺼기 먹고 사네

천둥 치고 비 내리자
낮잠 자던 여자 벌떡 일어나
난간대 사이 빗자루 집어넣고
투덜거리며 물청소를 하네
여자의 눈을 피해 몸을 숨기네
숨어 사는 천덕꾸러기 신세
꾸르륵 구욱 구욱
참았던 설움 울컥 치밀어 오네

뒤뚱뒤뚱 빗속을 나네

난간에 고인 물로 목을 축이네
비 멎은 거리를 내려다보네
11층 여자 음식물쓰레기, 통에 쏟고 있네

순댓국

퇴촌에서 소문난 전통 순댓국집 이름난 대로 손님이 많다 순댓국 한 그릇 시켜 파를 듬뿍 넣고 다대기와 새우젓으로 간을 맞춘다 숟가락 휘휘 저어 한술 뜨려는데 난데없이 달려든 파리 한 마리 상에 건져 놓고 냅킨을 덮는다

아무도 눈치채지 못하게 국그릇에 숟가락을 걸쳐 놓고 풋고추에 된장 찍어 밥을 먹는다
비가 오는 날 얼큰하고 구수한 맛에 끌려 내가 왔듯이 그렇게 날아들어 펄펄 끓는 국에 빠져 죽는가

검은 형체를 드러내며 냅킨이 젖어 든다 냅킨 몇 장 더 올려놓고 나도 한 마리 파리 같다고 생각하며 일어서는데 맛있게 먹었냐 묻는 주인 또 한 마리 파리가 아닌가 자본주의資本主義 물결 위를 둥둥 떠다니는

여름 강

그냥, 멀리서 바라보았을 때는
연인들이 자주 찾는 분위기 달콤한 카페에 걸린 풍경 액
자였다
파란 하늘 하얀 구름 기생초 돌잔꽃 어우러진 초록 사이 유
유자적 평화로운

폭풍우 몰아치고 내 가슴에도 노도의 강이 흘러
네 곁에 다다랐을 때, 비로소 난 알았다
너의 넓이만큼이나 온갖 생의 찌꺼기들 휩쓸려와
네 가슴을 파헤치고 할퀴고 찢기어 붉은 피가 흐르고 있
다는 것을
그리하여 거센 출렁임으로 몸 뒤척이며 아파하고 있다
는 것을

두 팔 벌려 온갖 오물 끌어안고 쓰다듬으며 흘러가는 강

아프지 않은 가슴은 없다고, 나를 일깨우듯

출렁출렁 바다로 흘러드는

커피가 있는 풍경

블러드핀이 생각나요
뼈와 내장, 부레의 크기와 위치까지 몸속 모든 것을 훤
히 내보이는

눈길은 벌써 투명한 저 너머
미소가 예쁜 여인이 커피 내리는 모습에 닿아 있어요

어떨 때는 아무도 찾는 이가 없어 적막강산이고
어떨 때는 초로의 신사가 찻잔을 앞에 놓고 두꺼운 책을 보
기도 해요

낙엽이 뒹구는 날 그곳에 앉아 있으면 어느새 고조곤히
두 손 모아 '죽어가는 모든 것'들을 위해 기도를 하고 있
겠지요

눈보라 치는 날 그곳에 앉아 있으면 어느새 마음속에
외투 잃은 아까끼 아까끼예비치가 출현하고, 아인슈
페너 한 잔을 건네면
한 맺힌 응어리가 사르르 녹아 염화미소로 흐르겠지요

걸음을 재촉하는 겨울밤, 대학로 네거리 길모퉁이
티 제이라는 원두커피 전문점을 지나요
미소가 예쁜 여인이 긴 머리에 붉은 핀을 꽂고 커피를
내려요
나와의 거리는 유리 한 장인데,
그 안의 풍경은 너무나 정답고 포근해 보여요

두근두근 쿵쿵
—한선, 준선, 진호에게

검은 비가 내리고, 한 줄기 연약한 나무
손 모아 기도하며 줄곧 하늘만 바라보았지

별이 빛나는 밤 우연히 보았어
해와 달이 몸을 뒤척이는 동안 비바람의 지문이 새겨진
이파리들
풀숲에 꽃이 피고, 별빛에 반짝이는 천수관음

두근두근 쿵쿵

어디서 날아왔니
아 예뻐 죽겠어* 순백의 하얀 날개들
네 잎 클로버를 찾은 너는 무조건 행운아
너는 무슨 응원가라도 부를 거니 깃발을 들고 있구나

햇살 좋은 날**은 뭘 해도 좋아

동화책을 보다가 책에 기대어 잠이든 너
아빠를 닮은 너는 정말 책을 좋아하는구나
고단한 날개로 엄마 아빠가 돌아왔다
수고했어, 오늘도[***]
잠든 물고기처럼 서 있는 나무
너희들의 수호신

아가야 핑크빛 꿈을 키워라
햇살 좋은 날은 나무 그늘에 앉아
노래를 불러도 좋을 거야
꿈 노래를 불러도 좋겠지?

* 이영지 개인전(인사동 선 화랑, 2018), 「예뻐 죽겠어」
** 「햇살 좋은 날」
*** 「수고했어, 오늘도」

4부

타프롬 사원과 스펑나무

기생일까 공생일까 시나브로 서로의 목을 조이고, 상생
이라 여기며 몰락하는
모호한 관계, 당신과 나의 삶일지도 모른다고 내가 말했
을 때

기생이 없었다면 로맨스 없는 사회가 됐을 거라고
사원의 살을 파고드는 나무처럼 당신이 말했다

불면의 늪으로 깊이 빠져들 때

마을 어귀 숲이 무성한 회화나무를 꿈꿨다
그늘에 평상을 키우고 이야기꽃을 부채질하는
꿈틀거리는 모든 것들의 쉼터를 꿈꿨다

앞새가 악수를 청하고 파랑새 붉은 입술로 속삭이는 내일
나이테를 살찌우고 아름드리 뿌리를 내리는,

공생을 생각했다
스펑나무 사이로 보이는 돋을새김 압사라처럼 입꼬리를
올리고
기생을 생각했다 당신과 나를 생각했다

투본강 풍風으로

투본강에는 야자수 잎으로 만든 바구니배가 관광객을
기다린다

챙 넓은 모자로 태양을 가리고 바구니에 두 명씩 담기면
쏟아져 나오는 한국 가요 〔강남스타일, 내 나이가 어때
서……〕
바구니를 돌리며 묘기백출하는 젊은 남자,

야자수 잎으로 꽃과 메뚜기 모양의 반지를 만들어 준다
물야자수 그늘이 바구니들을 아우를 때 떼창이 일고, 제
멋대로 흥에 젖는 짧고 긴 관절들
노에 붙어 흥겨운 곡조로 나부끼는 1달러짜리 이파리들

노래 부르던 오빠가 운다 〔이글거리는 태양 아래 고엽제
가 물 뿌려주는 것인 줄 알고 시원하다면서 흠뻑 뒤집어
썼다던〕
오빠가 울면서 노래 부른다 목이 터져라 울부짖는다 '세
월아 비켜라'

'지금부터 갈 데까지 가볼까 오빤 강남스타일'

손뼉 치고 노래 부르고 춤추고 팁을 건네고
여기가 투본강인가 한강인가
〔무슨 상관이냐고〕,
선착장에는 인연의 사슬처럼 바구니들이 줄지어 떠 있고

검단산 시詩

산이 꿈틀거리네
수목들이 기지개를 켜네
날아오를 듯 솟아나는 잎 날개들
푸르러지네 광채가 나네 성큼 다가오네

검단산, 공작처럼 날개를 펴네
깃을 활짝 펴고 자태를 뽐내네

어디선가 헤르메스의 피리 소리 들려오네

군데군데 꽃무리, 헤라가 붙여 주었다는 아르고스의 눈
알처럼 박혀 있네

뻐꾸기가 뻐꾹 뻐꾹 산을 울리고
이오이오 사이렌이 산굽이를 돌고 있네

누구인가 자책으로 자신의 눈알을 뽑아 버리고 싶을 때
가 있었겠네
불잉걸도 타고 나면 재가 되는 것, 바람 불어 흩어지면
그만[인 걸]
성자처럼 강물이 흐르네

검단산, 날개를 펴네 웅비하네
하남河南이 푸르러지네

연산폭포

폭포 위에서 내려다본 소沼는 암녹색이었다
하늘을 보고 있었다
나무를 보고 있었다
그를 보고 있었다
나를 보고 있었다
하늘과 나무와 그와 나는 한가로이 암녹색으로 스며들
고 있었다

폭포는 스며든 것들을 쏟아 냈다
암녹색은 순식간에 하얗고 거칠게 변했다
하얗고 거친 속에 하늘과 나무와 그와 내가 있었다
30m 아래 물웅덩이로 떨어졌다
소용돌이 속에 솟구치다가 구석에 처박혔다
구석은 아늑했다 하늘과 나무와 그리고 그와 내가 서로
에게 스며들고 있었다

검푸른 용소에는

보경사寶鏡寺의 종소리 광휘롭게 빛나고 있었다

클린턴휴게소

비가 내리는데 부동자세로,
클린턴이 노란 옷을 입고 검은 눈물을 흘리고 있다

미국 델라웨어 고속도로 휴게소 이름이 '더 바이든 웰컴
센터(The Biden Welcome Center)'라는데
윌밍턴에는 '조 바이든 기차역'도 있다는데 상원의원 시
절 왕복 4시간 동안 워싱턴 D.C로 출퇴근한 것을 기리
고자 철도회사가 역 이름을 바꾼 것이라 하는데

클린턴은 어떤 연유로 이곳에 저리 서 있게 되었을까
누군가 붕익鵬翼을 펄럭이며 눈부신 꿈을 안고 오래 기
억되기를 바란 부름일까

처음 간판에 시선이 머물렀을 때 이승만 휴게소 윤보선
휴게소 혼자 은밀히 웅얼거려 본 적 있는데

여행자들의 휴식처가 되고 자동차들의 젖줄이 되었던 양
평 클린턴휴게소가
서울 춘천 고속도로 개통으로, 비상의 노래는 시들어 신
기루처럼 사라져 버리고
황금 기둥으로 휴식을 유인하던 기억만이 음지에 남아
스산하다

데칼코마니
—방아머리 거성호 〔횟집〕

방아머리에 방아는 보이지 않고 방어가 수족관을 누비고 있다 바다를 기억하려는 듯 등지느러미를 세우고 파랑에 주파수를 맞추고 있다

모래언덕에 바람이 그린 그림처럼 물발자국이 새겨진 갯벌, 봉긋한 돌멩이를 바라보며 노을 진 사막 새끼낙타의 무덤을 생각한다

밀물이 드는 시간은 언제일까

어둠이 내린 창에 거성호가 내장을 드러낸다

공작 날개처럼 살이 발려지고 세모로 세워진 방어 머리통,

[방아] 머리만은 사수하겠다는 듯 부릅뜬 눈, 심지를 돋우고

주전자에서는 겨울이 끓고, 티브이 뉴스는 비트코인이 폭락했다고 저 혼자 끓고

사람들은 오늘 하루 무사했다고 왁자하게 술잔에 제 그림자를 비춘다, 혼탁함 속에

별들이 반짝이고 디오니소스적 도취의 물결이 출렁인다

나는 오늘밤 짐 벗은 낙타, 홀가분한 표정으로 무릎 접은 낙타가 창밖에서 나를 바라본다

맨드라미 붉게 피어 있는

도시의 길이 수술 중이다
몸속에 구멍을 내고 있다 만성 체증을 이유로
지하철 노선을 뚫는 것이 최선이라고 딱따구리 굴착기
가 속을 파내고 있다
수술실 문 〔통제구역〕이라는 알림 글처럼 안전막이 출
입을 통제하고 있다

소통은 감내해야 할 시간이 필요하다
도려내고 잘라 내고 이어지는 동안
도시는 어수선하고 도시는 귀가 아프고 도시는 결박될
것이다

안전모가 무당벌레처럼 모여 있다

상처에 거즈를 덮어놓은 것처럼 안전판으로 덮인 길 위를 자동차들이 속도를 더듬고

목련나무 아래 제 그림자를 깔고 앉은 고양이 눈이 작아지는 한낮

철재 옆에 벗어 놓은 장갑이 맨드라미처럼 붉다

능내역

여기는 무덤 속인가요
당신은 어느 시대 왕이었나요 성군이었나요 폭군이었나요
나는 자비로운 왕비였나요

검버섯 돋은 철로는 언제까지 떠나 버린 기차의 둥근 발
을 기억할까요
침목의 나이테는 돌아앉아 눈을 감아 버렸네요
도상의 자갈들은 침목을 부여잡은 채 망부석望夫石이 되고
바람의 방문에 돌 틈 사이 강아지풀은 영문도 모르고 꼬
리를 흔듭니다
박공지붕에서 고양이는 엉덩이를 치켜들고 의례적으로 기
지개를 켭니다

鳥安, 陵內; 새들이 편안한, 무덤; 별別들의 더미

쉬흔 두 해 신었던 신발 나란히 벗어 놓고 기차의 둥근
발은 어디로 갔을까요
녹슨 철로 위에 음각의 그림자를 새기고
자전거 몇 대 빛을 이고 서 있습니다

언덕 너머 연緣꽃들은 향기를 머금고

죽도竹島* 이야기

혼자 섬을 지키는 남자, 죽는 날까지 죽도에서 살리라
마음먹었네
황금 화살이 그녀의 뇌수와 심장 전부를 사랑으로 채
울 수 있다면, 풍랑이 발톱을 세우고 으르렁거린다 해도
365개 달팽이 계단이 꿀 향기로 가득하겠네

대나무 울타리를 엮고 '밤에는 실컷 별을 안고 부엉이가 우
는 밤도 외롭지 않겠'네
유람선 고동 소리에 더덕 명이가 절로 꽃을 피우고 벌
나비가 춤을 추겠네

독도 수비대의 거수경례를 받을 때 눈시울처럼 뭉클하
게 솟아오른 여인,
큐피드 화살이 군세고 냉담한 그녀 마음을 사로잡았네

뱃길 따라 날아드는 갈매기들처럼 섬이라는 낭만에 스
스로 빠져들던 눈동자들
모두 잊기로 했네

두 사람은 등대처럼 죽도를 밝히리라 다짐했다네
바다처럼 무엇이든 다 받아들이며 살고 있다네

* 경상북도 울릉군 울릉읍 저동리

126

콩돌 해안

백령도에는
바다가 콩 농사를 짓는 곳이 있다
절기가 필요 없다

인간은 먹지 못하는 콩
바다가 지어서 하느님께 바치는 콩이다
탐스럽고 먹음직해 슬며시 한 줌 쥐어 보지만
바다의 허락 없이는 한 톨도 가져갈 수 없다

바다의 콩 농사는 사시사철 풍년이다

미술관 자작나무숲[*]

9월이었어요

미술관 자작나무 숲을 그와 함께 걸었어요

허옇게 쭈욱 뻗은 자작나무 사이로

물봉숭아꽃이 보랏빛 길을 내고 있었어요

그는 그 꽃을 보고 고깔모자 꽃이라고 했어요

몇 번이나 알려줘도 늘 그렇게 불렀어요

그가 고깔모자를 머리에 썼어요

물봉숭아꽃 한 송이가 내 머리 위로 날아올랐어요

그는 나를 먼저 공중에 띄웠어요

그도 날아올라 나를 안았어요

나는 벨라 그는 샤갈이 되었어요

도시 위[**]가 아니어도 좋았어요

눈 아래 초록 양탄자가 깔려 있고

펜션의 지붕이 잘 익은 사과 두 알처럼

빨갛게 빨갛게 빛나고 있었어요

미술관 자작나무 숲 위를 우리는 붕붕 날아다녔어요

양탄자 한컨 수세미 넝쿨 사이로 하얀 진돗개가 누워 있었어요

그놈이 벌떡 일어나 우리를 올려다보았어요

갑자기 무슨 굉장한 먹잇감이라도 발견한 것처럼 마구 짖어 댔어요

고깔모자가 깜짝 놀라 벗겨져 땅으로 떨어졌어요

저편에 있던 진돗개가 따라 짖었어요

하얀 진돗개 두 마리가 이리저리 큄 큄 거리며 숲속에 무성한 소문을 마구마구 퍼뜨리고 있었어요

그와 나는 물봉숭아가 만발한 보랏빛 꽃길을

말없이 걷고 있었지요

* 강원도 횡성군 우천면 두곡리 둑실마을에 위치

** 마르크 샤갈 「도시 위에서」

미사리에 비 내리다

소나기 날아든다 후드득후드득 날개 접고 뛰어내리는 새들,
강변 연못은 새의 부리로 가득하다
연못은 새들이 울기 가장 좋은 곳, 일제히 물속에 제 몸
감추고 터질 듯 주둥이 크게 벌려 슬픔 토해낸다
새들은 정말 제 이름을 부르며 우는 걸까

풀숲에 내린 새들은 애써 투명한 감정으로 풀잎들을 쓸
어내리고

얼마나 지났을까, 새들 날아가고 하늘이 맑다
새들은 왜 울고 갔을까
연못은 새들의 슬픔을 아는가

우리는 한 마리, 새 아픈 날개를 가졌다

나는 오늘 무사히 미사리 강변을 걷는다

덜컹거리는 자동차 안에서 손 모아 기도하던 소녀는 어
디로 갔을까

새들은 '진짜 비상을 위해' 리마 해변을 향해 가는가

나는 어디쯤 가고 있는 걸까

맹꽁이는 아랑곳없이 목청 높이고, 구애를 한다

비애를 감추다

내가 아기코끼리였을 때, 조련사의 꼬챙이가 사정없이 이마와 목덜미를 내려쳤어요 그때마다 야생의 꿈이 빨 갛게 줄줄 흘러내렸어요 날카로운 연장 앞에서 꼭두각 시가 되어 버렸지요

수정 구슬 달린 보라색 드레스를 걸쳐 주면 행진을 하 고, 춤을 추고, 그림을 그려요

쇼가 끝나면 기념사진 모델이 되지요 기계처럼 차례차 례 관광객들을 코로 안으면 허연 엄니에 매달려 사진을 찍어요 스친 살갗이 낡고 바랜 헝겊처럼 벌겋게 벗겨져 요 사진 속에서 난 늘 웃고 있어요 관광객들이 환호의 박수를 보내고 바나나를 건네주어요 난 기꺼이 먹어 주 지요 그럴 때마다 조련사는 손을 높이 흔들어 댑니다 개 선장군처럼, 내 생은 순전 돈벌이 도구로 전락되었지요 육중한 몸을 갖고도 꼬챙이 앞에선 무력해지거든요

나는 지금 흰색 티셔츠에 그림을 그리고 있어요 빨간 하 트가 그려진 티셔츠가 그의 손끝에서 휘날릴 테지요 어

느 관광객이 몇 달러를 건네면 코앞에 한 송이 바나나가

놓이고 환호 속 박수 소리에 내 눈물은 감춰지겠지요

날지 못하는 새

날마다 창공을 나는 꿈을 꾸었지요
날개가 있으면서 왜 자유롭게 날지 못하나 생각하면서
엄마처럼 안 살 거라 원망하면서 목청을 가다듬고 새벽
을 깨웠어요

깨어 보면 언제나 마당 한구석 울타리 안,

먹이 주는 손의 눈치를 살피면서
까만 눈알을 굴리면서 꽁무니를 빼면서
꿈은 피둥피둥 몸집을 키우고

어느 날 알게 되었지요
나는 능력을 잃은 새라는 걸 운명이라는 걸

타조는 날지 못하지만, 시속 90km까지 달릴 수 있고
에뮤도 날지 못하지만 2km 밖까지 들리게끔 목소리가
크고
펭귄도 날지 못하지만, 수영선수 젠투펭귄은 시속 35㎞
까지 헤엄을 칠 수 있단다

하늘을 날지 못해도 괜찮아, 엄마는 변함없이 말하지요
너도 잘하는 게 있잖니

나는 얼른 둥우리로 가서 하릴없이 누렇고 따끈따끈한,
알을 낳았지요 그리고

밤마다 푸드덕거리지요 C'est la vie!

달

달은, 하늘의 문

맑고 투명한 달빛이 길을 냅니다
길은 방짜 세숫대야처럼 둥근 문에 닿을 때도 있고
사금파리 조각처럼 날카롭게 열린 문에 닿을 때도 있답
니다

1969년 7월 20일 저쪽 세계가 궁금한 암스트롱이
Moon을 두드렸죠
하늘은 아직 때가 이르다고 돌려보냈는데, 그때의
발자국이 지금도 남아 있다죠
2012년 8월 25일 하늘의 부름을 받고 들어갔는데
환영幻影의 연기緣起 속으로 사라졌는데

아무나, 아무 때나 통과할 수 없는 문을
오늘밤 소쩍새 울음소리가 기웃거립니다

불면의 영혼이 하늘의 문을 상상해 보는 밤
삼족오 잠든 밤, 달맞이꽃 노랗게 꽃불 켜는 밤

바비

난폭한 위력을 가진 바비라는 지휘자가 닥칠 거라는 소
식이다
어떻게 호흡을 맞춰 현을 울려야 하는가
아파트 정원 곰솔이 곰곰 생각에 잠겼다

연주가 시작된다
곰솔 주목 산수유 왕벚나무들이 지휘에 따라 몸을 한껏 부
풀렸다가 움츠렸다가
사납게 혹은 부드럽게 음역을 오르내리며 현을 컨다

나는 창을 닫은 채 위태로운 관현악의 몸짓을 주시한다
오늘 국내 코로나19 확진자가 300명을 넘었다
엎친 데 덮친 태풍으로 창백한 얼굴들이 창에 매달려
위기의 추이를 살핀다

다행인가 바비!

대단한 포부의 격정은 짧은 입맞춤으로 돌아섰다

초강력 순회공연으로 지칠 대로 지친 까닭인가

다행이다 바비!

걱정 어린 눈빛들이 안도의 숨을 몰아쉰다

힘겨운 발길로 돌아선 바비여! 이제는 안녕

창밖 침울한 그림자와

아직 가시지 않고 창문을 흘러내리는 눈물도 이제 안녕

* BAVI: 2020년 제8호 태풍

바다의 날개

바다는 하늘 둥지에서 추락한 한 마리 새
정박된 배처럼 단정하게 죽어갈 순 없어
한시도 쉬지 않고 깃을 치며 날아오르는 연습을 해야 해
가끔은 제 날개에 부딪혀 찢어지기도 하고 피를 흘리기
도 하지
절정에 이르는 고통이 온몸에 흩어졌다가 하얗게 피어
나 춤을 추지

새가 된 것이, 추락한 것이 죄라면
사는 동안 아니 죽을 때까지 멈출 수 없는 이 천형을
희디흰 절망을 기쁨이라 생각해야지
잊으면 안 돼 놓쳐 버린 하늘 둥지

격랑의 아픔을 즐겨야 해
기쁘게 춤을 추어야 해
하얗게 하얗게 자꾸자꾸 부서져야 해

해설

저편의 붉음

박동억(문학평론가)

1. 나란히 저무는 것

세상을 붉다고 말할 수밖에 없는 마음이 있다. 혹은 사랑하는 이를 잃은 자의 눈시울처럼, 세상을 붉게 바라볼 수밖에 없는 시선이 있다. 그리운 사람의 얼굴은 석양처럼 더디게 멀어지고 이내 손으로 잡을 수 없는 너머로 사라지는 것만 같다. 그리운 사람의 흔적처럼, 겨울을 맞이하는 동백꽃이 꽃잎을 남길 때 시인은 떨어진 꽃잎을 쓸며 그리움을 견딘 나날을 셀 것이다. 그리고 다시금 "내일 너를 잊는다"(『다롱디우셔 마득사리 아으 동동다리』)라고 다짐

할 때, 그는 어디를 향해 시선을 돌리고 있는 것일까.

그리하여 이 시집에 기록된 붉은빛은 손끝에 닿지 않는 아득함이고, 발끝에서 뭉개지는 낙엽이며, 상처로 새어 나가는 피다. 때론 온몸으로 전진하는 낙엽처럼 시인은 피 흘리기를 두려워하지 않는다. 때론 손을 모으듯 포개어 있는 낙엽 더미처럼 시인은 지나간 것들을 향해 묵상하고 기도드린다. 그러나 이 시집의 전진은 닿을 수 없는 곳을 향해 있고, 묵상과 기도는 번번이 내일로 연장된다. 따라서 이 시집의 붉음은 사무치는 것이다. 쥐려는 순간 새어 나가는 것이다.

그때 바로 택시를 잡아타고 갔어야 했다 은행 일을 다음에 봤어야 했고 나를 찾는 간호사의 목소리가 다급했어야 했다

은행 창구 숫자판은 106번에 머물러 있고 나는 108번이다
어항 속 금붕어가 입을 벌린다 문이 닫히고 바람이 인다 풍경 소리 아련하다

창구 앞을 서성이며 순서를 기다린다
입원실 담당 간호사가 보호자가 빨리 왔으면 좋겠다고
전화를 한다 나는 택시를 탄다
붉은 신호등 앞에서 여자아이가 울고 있다

병원 7층으로 올라가는 엘리베이터, 어디쯤이냐 묻는
목소리가 다급하다 불길하다 사천왕 튀어나올 듯 부릅
뜬 눈이 내려다본다
입원실은 비어 있고 간병인은 보이지 않는다

처치실에 어머니가 누워 있다 의사와 간호사가 호위병
처럼 서 있다 붉은 신호등 앞에 사람들이 모여든다 나
는 어머니 얼굴을 보지 못했다

—「가을부채」 전문

어머니의 얼굴을 보았어야 했다. 모든 것을 미루어두고 어
머니 곁을 끝까지 지켰어야 했다. 그러한 후회와 가책이
뻐끔거리는 "어항 속 금붕어"의 입속에서, 그리고 "붉은
신호등 앞에서" 울고 있는 "여자아이"의 눈물 속에서 반복

되는 것처럼 느껴진다. 우리는 고백의 투로 쓰인 이 작품 안에서 왜 시인이 "사천왕 튀어나올 듯 부릅뜬 눈이" 자신을 내려다본다고 말할 수밖에 없는지 쉽게 깨달을 수 있다. 시의 제목처럼, 어머니 곁을 지키지 못했다는 가책은 가을마다 마음의 부채가 되어 되돌아올 것이다. 그래서 우리는 이 시의 "붉은 신호등"이 절대 꺼지지 않을 것을 안다. 뒤늦었다는 후회가 꺼지지 않는다는 것을 안다.

이에 비추어 다른 시 「붉은 신호등」의 마지막 문장이 "신호등 앞에 우리는 서 있나요 아직 붉은 신호등"으로 끝맺는 이유를 이해할 수 없다. 여전히 시인은 '붉은 신호등' 아래서 자신을 꾸짖고 있다. 그런데 시인에게 가장 근본적인 가책은 무엇일까. "절벽 아래, 집어삼킬 듯 검은 아가리를 벌리고 달려드는 성난 파도"와 같은 고통을 당신이 겪고 있을 때, 곁에서 당신의 아픔을 파수하지 못했다는 후회일까. 그것도 아니면 누군가의 투병기를 다룬 시 「장미」에 썼듯, "메스길 따라 지네 발처럼 박힌 스테이플러에 손을 얹고 아파할 때"도 장미의 향기에 도취하듯 그저 그 순간을 누릴 수 있다고 말 건네지 못했기 때문일까.

고통을 파수하는 것과 달래는 것 중에서 어느 쪽이 마음을 다한 것이든, 그 마음을 돌보는 일이 곧 그리움의 집을 짓게 한다. "나는 창호 문 한 짝, 눌린 꽃 몇 송이를 사다가/ 어머니의 손길을 더듬는다, 딸과 함께/ 그리움을 바른다, 매발톱꽃 돌양지꽃 앵초 패랭이"(「꽃잎을 바르다」)라는 문장처럼, 시인은 '그리움'을 덧대어 집을 꾸민다고 말하고 있다. 과거에 어머니의 손길이 가족을 돌보았듯, 이제 시인은 딸과 함께 자신의 집을 꾸린다. 따라서 어머니의 손길 자체가 집이고 그 손길을 떠올리는 일이 삶을 긍정할 수 있게 해준다. 마찬가지로 어머니가 스웨터를 뜨개질하던 순간을 시인은 다음과 같이 묘사한다. "가끔 낡은 시간이 툭 툭 끊겨 나갔지만, 다시 붙들어 투호살 같은 대바늘로/ 촘촘히 따뜻한 집을 지어갔다"(「길, 혹은 두 줄무늬」). '실'을 "낡은 시간"에 비유하고, 옷을 "따뜻한 집"으로 비유할 때, 어머니의 손길은 시공간의 건축술로 승격되는 셈이다.

밭을 가는 소와 농부가 그려진 그림이었다. 푸시킨의
詩가 들어 있는 액자였다
아버지는 지그시 눈을 감고 '인생'과 마주하고 있었다

아저씨는 가죽띠에 면도칼을 문질러 아버지 관자놀이
아래 하얀 구름거품을 잘라내고 있었다
푸르게 번쩍이는 칼날이 무서워 못 본 척 어항 속 금붕
어나 세고 또 세고 있었다
들창에서 종달새 소리 날아오는 찬란한 봄날이었다

아지랑이 넘실대는 봄날, 을지로 지나다가 걸음이 멈
추네
펜과 노트를 들고 푸시킨이 '인생'을 낭독하고 서 있네
강을 거슬러 오르는 물고기처럼 헤아릴 수 없는 순간
들이 거슬러오네
금붕어를 세던 이발소가 만개하네
거기, 아버지가 앉아 계시네
삶이 그대를 속이는가, 그대가 삶을 속이는가?

—「푸시킨을 만나다」 부분

한편 아버지와의 추억은 '액자에 담긴 푸시킨의 시'처럼
하나의 또렷한 정경으로 떠오른다. 이발소에서 눈을 감
은 채 면도 중이던 아버지를 떠올리며, 시인은 아버지께서

"인생"을 마주하고 있었다고 생각한다. 이러한 인식은 아이의 시선으로는 불가능한 것이고, 추억 속의 아버지를 이제 성인이 된 순간에 떠올리고 있기에 가능한 것이다. 비로소 아버지의 마음을 헤아릴 수 있는 나이가 되어 아버지가 눈을 감고 떠올리던 것들을 자식 또한 본다. 그렇게 "강을 거슬러 오르는 물고기처럼 헤아릴 수 없는 순간들이 거슬러" 올 때, 자식은 오래전에는 헤아리지 못했던 아버지의 마음속으로 한 걸음 다가서는 것이다.

"거기" 추억 속에 앉아, 아버지는 무엇을 말하고 계실까. 시인은 알렉산드르 푸시킨의 유명한 시 「삶이 그대를 속일지라도」를 인용하고 있다. 이 작품에서 푸시킨은 어떤 슬픔이나 분노가 찾아오더라도 참고 견디면 찾아오는 소중한 현재에 대해서 이야기한다. 마찬가지로 시인이 아버지로부터 배운 것은 어떤 상실이라도 그것을 견디다 보면 비로소 찬란한 순간이 다가온다는 인생의 원리가 아닐까. 이에 호응하듯 아버지의 추억을 이루는 배경은 "들창에서 종달새 소리 날아오는 찬란한 봄날"이다. 아버지는 봄날 안에서, 그 따스한 훈기 안으로 자식을 초대하고 있으며, 시인은 꽃처럼 아버지의 이발소가 '만개하고' 있다고 쓴다.

또한 푸시킨의 시를 물음의 형식으로 바꾸면서 시인은 하나의 응답을 우리에게 요구하는 셈이다. "삶이 그대를 속이는가, 그대가 삶을 속이는가?"라는 시인의 질문에 어떻게 답해야 할까. 이와 비슷하게 "어머니는 어디로 갔을까? 아버지는 어디로 갔을까?// 어머니가 그랬을, 내가 그랬던 것처럼"(「목안木雁」)이라는 다른 작품의 시구 안에서도 물음과 응답이 함께하는 것을 확인한다. 아픈 그리움의 크기만큼 "어디로 갔을까?"라는 외침은 계속될 수밖에 없다. 그러나 자신이 견디는 그리움의 크기만큼, 부모 또한 어떠한 그리움을 견뎠으리라는 사실을 더듬어 볼 수 있는 나이가 되었을 때, 비로소 '나'는 부모를 그리워하는 자식의 위치에 머물지 않고 부모의 그리움을 어루만지는 자세로 그들을 향해 나아간다.

누대로 이어지는 그리움은 위안이 될 것이다. 당신이 견딜 수 있었던 만큼 나 또한 견딜 수 있다는 확신을 가질 수 있을 것이다. 그렇게 어머니의 손길로 집을 짓고 아버지의 물음으로 인생을 더듬는 자리에서 비로소 시인은 전진한다. 또한 당신에게도 "내가 그랬던 것처럼" 미래에도 그리움은 반복될 것이다. 그 사실을 알기 때문에 겨울 이후의 봄을 기다릴 수 있다. 우리는 이보경 시인의 시에서 단순하고 명징한 원리를 마주한다. 저녁노을이 누구의 소유도 아니듯, 그리움 역시 홀로 견뎌야만 하는 것만은 아니다. 모든 저물어가는 존재는 저 먼 지평선을 향해 나란히 선다.

2. 송곳니의 자세로부터 바람의 자세로

이제 시인이 바라보는 '결'이 한 사람의 소유가 아님을 우리는 안다. "죽음과 삶에도 결이 있어 결 따라 흘러가고 흘러오는가"(「〈결〉에 관한 단상」)라는 문장과 마주할 때, 당신의 삶과 죽음이 나에게 흘러들듯, 나의 삶과 죽음 또한 당신에게도 흘러든다는 것을 안다. 삶과 죽음이란 함께 흘러가고 흘러오는 화음이다. 그리고 나란히 놓인 '결'은 시집 전반에서 사랑의 이미지로 확장되기도 한다. "꿈속에서 쳐다보는 지난날의 너와 나"(「문의마을」)라는 아련한 대면이나 "심장을 싸고도는 핏줄 같은 내 온 맘/ 육필로 뽑아, 곱게 봉인해서/ 푸른빛이 선명한 압인 같은 문신을/ 그대 영혼에 새겨 놓고 싶어져요"(「'우리들은 모두 무엇이 되고 싶다'」)라는 사랑의 문장을 만날 때, 우리는 근본적으로 이러한 사랑의 자세가 가족을 그리워하는 자세와 닮았음을 알 수 있다.

한편 누대의 고통 혹은 그리움이라는 주제로부터, 그리고 이 시집에 반복되는 붉은색의 모티프로부터 우리는 '피'의 이미지를 강하게 연상하게 된다. 혈연이라는 단어가 상기시키듯 부모와 자식은 피로 맺어진 존재다. 또한 이 시집에서 피는 곧 상처의 흔적이기도 하다. 당신을 돌보는 동안 "너의 넓이만큼이나 온갖 생의 찌꺼기들 휩쓸려와/ 네 가슴을 파헤치고 할퀴고 찢기어 붉은 피가 흐르고 있다는 것을"(「여름 강」) 목격하는 것은 가슴 아프고 두려운 일이다. 이러한 벗어날 수 없는 혈연이자 상처로서의 '피'를 고뇌의 대상으로 삼으면서 시인은 두 가지 존재론적 승화 과정을 모색하는 것처럼 보인다. 동물의 야생성과 예술적 도취가 그것이다. 이와 관련하여 고통을 견주어 보거나 승화시키는 계기로서 가족의 피와는 사뭇 구별되는 이채로운 붉은색의 이미지들이 등장한다.

적나라한 상처의 이미지는 동물의 야생적 감각을 표현하기 위해 활용된다. "난데없이 날카로운 송곳니를 드러내고 붉은 살점을 물어뜯을/ 너와 나 본능의 숨은 칼날을 경계하면서"(「고양이과 개와 사람들」)이라는 표현은 인간 내면에 억눌린 가학적 본능을 '붉은 살점을 물어뜯으려는' 동물적 본능에 빗대고 있다. 또한 조련사의 학대에 피 흘리는 아기 코끼리의 육체를 "야생의 꿈이 빨갛게 줄줄 흘러내렸어요"(「비애를 감추다」)라고 표현하면서 시인은 인간에게 사육되는 코끼리를 연민의 시선으로 묘사하기도 한다. '붉은 살점'과 '야생의 꿈'과 같은 표현에서 연상할 수 있는 '피'는 혈연과는 무관하다. 동물의 피는 사회적 규칙에 억압된 동물적 본성의 상징인 셈이다.

이때 시인은 동물을 연민한다기보다 주로 자신을 억눌린 존재로 묘사하기 위해 동물의 비유를 활용하고 있다. "나는 조금씩 가라앉고 있습니다/ 이곳은 깊은 물속입니까/ 심해에 사는 물고기처럼 시력도 청력도 조금씩 퇴화해갑니다"(「어디에나 있고 어디에나 없는 하느님」)라고 말할 때, 심해어는 감각을 상실한 자아를 형상화하기 위한 직유로 활용된다. 더 나아가 상처 입은 벌레에 눈길을 두는 이유도 세속도시와 속물에 대한 환멸 때문일 것이다. 더듬이의 감각을 잃고 날개가 찢어진 '나비'(「나비의 회귀」), "날개가 부러진 하루살이들"(「겨울하루살이」) 등은 자본주의에 패배하거나 순응하는 인간 군상인 것이다. 한편 "나는 오늘밤 짐 벗은 낙타"(「데칼코마니」)라는 은유처럼 예외적으로 자유로운 존재를 그리는 듯 보이지만, 그것이 '오늘밤'만 누리는 순간의 도취에 지나지 않는다는 것을 주목해야 한다.

이렇듯 이 시집에서 동물의 피는 패배의 색이다. 아니, 인간은 동물처럼 패배하는 것조차 제대로 하지 못한다. 시 「순대국」에서 인간은 자본주의 물결에 휩쓸려 다니는 파리 떼로 비유된다. 더 나아가 보다 직설적으로 시인은 "우리는 神의 손끝에서 놀아나는 무대 위 인형들"(「마리오네트」)에 불과하다고 말해 보기도 한다. 그러나 우리는 이러한 진술들을 순진하게 들어서는 안 된다. 절망의 크기와 욕망의 크기는 비례한다는 사실을 의식할 때, "나는 능력을 잃은 새"(「날지 못하는 새」)라는 진술의 역설을 정확히 이해할 수 있다. 이렇게 말해 보자. 이보경 시인은 세상보다 크게 욕망하는 자다. 그는 세상에 절망한 자라기보다 세상 이상을 욕망하는 자이기 때문에, 자신의 영혼을 '새'라고 부를 수밖에 없는 것이다.

우리는 한 마리, 새 아픈 날개를 가졌다

나는 오늘 무사히 미사리 강변을 걷는다

덜컹거리는 자동차 안에서 손 모아 기도하던 소녀는

어디로 갔을까

새들은 '진짜 비상을 위해' 리마 해변을 향해 가는가

나는 어디쯤 가고 있는 걸까

맹꽁이는 아랑곳없이 목청 높이고, 구애를 한다

―「미사리에 비 내리다」 부분

우리는 하루를 무사히 보내는 현재에 만족하다가 어린 손을 모아 기도하던 시절을 잊는 것이 아닐까. 소망하던 간절함을 이는 것이 아닐까. 이에 시인은 소녀의 기도하는 자세로 되돌아가 '새'를 꿈꾼다. 그런데 "아픈 날개"를 지닌 새가 다시금 새가 되어 발 딛고 있는 이 세계를 벗어난다면, 그렇게 "진짜 비상을 위해" 새가 된다면 무엇에 도달할 수 있을까. 새의 영혼을 가진 인간은 "어디쯤 가고 있는 걸까". 시인은 로맹 가리의 단편소설 『새들은 페루에 가서 죽다』를 인유하여 그렇게 묻고 있다. 이 작품에서

로맹 가리는 남성들에게 윤간을 당했으며 '훌륭한 가정의
어머니'라는 새장에 갇혀 있을 바에는 차라리 바다에 몸
을 던져 죽음을 택하는 한 여인의 몸짓을 그려 냈다. 여인
은 구조되지만 작품 말미에서 그녀가 다시금 삶의 방향으
로 되돌아가지 못하리라는 사실이 암시된다. 해변에서 죽
어가는 새처럼, 죽음을 향해 나아가는 여인의 몸짓은 인간
에게 삶을 초과하는 어떤 열망이 존재한다는 사실을 암시
한다. 생명보다 큰 것은 자기 존재를 순수하게 대면하려는
열망이다.

위 작품에서도 우리는 욕망의 진실을 확인한다. 이보경 시
인이 열망하는 것은 인간이라는 존재보다 큰 날개다. "진
짜 비상"과 '새'란 타성적 삶을 넘어서는 하나의 몸짓이라
고 표현할 수 있다. 여기서 시인은 "새 아픈 날개"라는 동
물적 비유를 매개로 그러한 열망을 표현하고 있는데, 앞서
설명했던 것처럼 이 시집에서 줄곧 동물적 비유는 억압된
존재의 상징으로 격하되곤 한다. 이와 달리 시인이 "진짜
비상"을 몽상할 수 있는 이유는 동물로서의 새가 아닌 『새
들은 페루에 가서 죽다』에 묘사된 '새', 즉 저마다의 비행
을 견딘 이후 해변에 몸을 던져 죽어가는 예술적 상징으로

서의 새를 호명하고 있기 때문이다. 즉 그는 예술에 눈을 돌릴 때 현실을 넘어서는 '예술적 비상'의 가능성을 발견한다고 유추할 수 있다.

「나의 보헤미안」에서 시인은 '랭보를 읽는다'라고 쓰는 대신 "랭보를 만나고"라고 썼다. 어떤 예술을 '읽는' 것이 아니라 '만난다'라고 말함으로써 정확해지는 마음이 있다. 또한 그는 '생텍쥐페리를 만났다'라고 쓰는 대신 "생텍쥐페리를 만나야지"라고 썼다. 이렇듯 어떤 만남을 앞으로도 반복할 기쁨으로 맞이하는 마음도 있다. 여기서 '만나다'라는 술어는 예술 밖에서 그것을 감상하는 자세가 아니라, 예술 안에서 그것과 대면하는 자세를 취한다는 사실을 뜻한다. 시인은 예술을 감상하는 대신 삶의 일부로서 곁에 두려 한다. 호메로스의 「일리아스」부터 박생광 작가의 현대회화에 이르기까지, 그 모든 것이 역사적 산물이 아니라 "위안일까 공포일까"라는 생생한 물음으로 그에게는 다가온다(「무녀」).

이 시집에 인유되는 방대한 저술의 목록을 열거하기보다 그것을 어떤 자세로 맞이하는지가 중요하다. 이를테면 "데카르트와 칸트, 쇼펜하우어가 무슨 소용이겠니?/ 그 모든 삶이 무슨 상관이겠니"(「데카르트와 칸트, 쇼펜하우어와 함께」)라는 반문은 그러한 철학자들의 저술이 무용하다는 의미로만 들리지 않는다. 오히려 시인이 그들의 '책'을 "삶"이라고 바꾸어 부르고 있다는 사실이 눈에 띈다. 그리고 그는 타인의 삶이 '나의 삶'에 연루되지 않는 한 의미가 없는 것이라는 간명한 사실을 언급하고 있을 뿐이다. 반대로 말해서 모든 책과 예술은 '나의 삶'에 상관해야만 한다. 그렇게 시인은 "다시 한번 나를 열고 들어와 언어의 속살 꼼꼼히 어루만져 줄/ 그날"(「To Live Without Your Love」)을 꿈꾼다.

그의 시에서 드러나는 정신의 궤적은 동물적 상태를 벗어나 예술적 실존으로 비상하는 것이다. 그것은 무사히 하루를 보내는 데 자족하던 일상적 감각에서 벗어나 위태로운 비행으로 옮아가는 것이기도 하다. "참아라, 마음이여! 참아라, 마음이여!"(「매너리즘, 그 익숙함 속에서」)라는 마음의 소리에도 시인은 순종하지 않을 것이다. 대신 "불면의 영혼이 하늘의 문을 상상해 보는 밤"(「달」)이 찾아오면 그는 '하늘의 문'을 향해 자신의 실존을 그려 넣는다. 바로 거기서 태풍을 "위태로운 관현악"으로 느끼고(「바비」), 육체가 산산이 조각나는 순간을 춤으로 느끼는(「바다의 날개」) 비행이 시작된다. 근원적으로 시인의 날갯짓은 휘청거리고 산산이 조각나며 바람을 닮아가는 것이다. 그의 열망은 피를 비우고 맥박만 남기는 것, 그렇게 투명한 자신의 존재를 향해 전진하는 것이다. ◼

이보경

2015년 《예술가》에 「철학자」 등 시 발표하며 등단
한국방송대학교 졸업, 중앙대학교 예술대학원 수료
seeinmelody@naver.com

예술가시선 27

아으 동동다리

초판 1쇄 발행 2021년 9월 10일

지은이 이보경

펴낸이 한영예
편집 박광진
로고디자인 이길한
펴낸곳 예술가
출판등록 제2014-000085호
주소 서울 송파구 문정로13길 15-17 201호
전화 010-3268-3327
전자우편 kuenstler1@naver.com
인쇄 아람문화

ISBN 979-11-87081-21-0(03810)